가슴에 피는 꽃

시와함께(Along with Poetry) 시인선 026

가슴에 피는 꽃

노병순 제2시집

시와함께 넓은마루

　문학은 언어의 예술인데 우리 마음속에 감추어진 비밀까지 고백하게 만듭니다.

　살다보면 사람의 힘으로 감당키 어려운 일들이 영적으로 발전하여 머리가 무거워지기도 합니다. 그래서 이런 것들로부터 조금이나마 벗어나고자 넓은 집과 아끼던 물건들을 다 버리고 오피스텔로 이사를 하게 되었습니다.

　고층에서 창밖을 바라보면 풍경들이 한눈안에 들어오고, 아침마다 떠오르는 태양과 저녁노을은 너무나 아름다워 삶의 희열을 느낄 때가 많습니다.

　우리는 지성과 감성과 의지를 갖춘 사람으로 태어났기 때문에 짐승과 달리 이성에 강하여 삶의 갈등을 느낄 때도 많습니다. 세상을 살다보니 참으로 얄궂은 일들이 일어나기도 합니다. 내 살붓이 아닌데 거센 풍파들이 나를 덮쳐 와 고난을 당하기도 했습니다.

　나는 타인으로부터 부당한 일을 당할 때마다 슬프고

아파서 성경말씀을 붙들고 기도하며 위로를 받기도 했습니다. 하지만 늘 한쪽 가슴에서 부르짖는 그 무엇들에서 벗어날 수 없을 때는 난감했습니다.

날마다 국가의 안녕을 기도하며 혼자만의 노래가 되었던 시간들은 낙서 같은 일기장만 쌓여가고 있던 중이었습니다. 답답함으로 모 단체에 나갔을 때 첫 만남부터 고향친구를 만난 듯 자연스런 대화가 오갔습니다. 이후 우리는 신뢰와 사랑으로 이어져 신의 은총으로 소중한 인연이 되었습니다. 그리고 글을 쓰는 용기까지 받아 요즘은 문학에 심취되어 시간가는 줄 모릅니다.

지금 뜨거운 열기로 밤잠을 설치게 하는 월드컵 경기가 열려 카타르 정부로부터 국민이 누리는 혜택을 잠시 찾아보기도 합니다.

1)월 기본금 600만원, 2)무상 주택제공, 3)무이자 대출, 4)대학 졸업 후 무료로 토지대여, 5)10년 후 내 땅으로 전환, 6)전기세 무료, 7)수도세 무료, 8)병원 진료

비 무료, 9)유치원부터 대학까지 교육 무료, 10)소득세 없음, 11)아이 출산 장려금 1억, 12)출산 후 월 230만원 평생지급, 3인 가구 기본금 600×2=1200만원, 출산 230만원, 합 일천 사백 삼십 만원, 부자 집도 아닌 평범한 고등학생 용돈 삼백만원이랍니다.

사우디 빈 살만 황태자 자산이 2700조라는데요 일본 일정도 취소하고 대한민국 윤석열 대통령과 대기업 총수 외 22대 기업과 수주가 이루어졌습니다.

5000억 달러(710조) 세계 최대 규모의 스마트시티 건설 프로젝트 (네옴 NE OM) 사업협약이다. 서울의 44배 규모라니까 이 정도라면 대한민국도 머지않아 희망이 보이는 것 같습니다.

우리나라 1년 예산은 608조쯤 됩니다. EU나 미국보다 단가가 저렴히고 기술력이 좋은 장짐이 대한민국에 있어 얼마든지 경쟁력이 있습니다.

지금 우리나라는 1가구 2주택 양도소득세 합산, 그것

도 5평도 못되는 오피스텔이 1가구 수에 들어가고 양도 소득세에 가산되니 부동산 경기가 말이 아닙니다.

　은행 담보대출이 어렵고, 하늘 높은 줄 모르고 이자율이 오르고, 나라살림 이렇게 했는데 아직도 후회보다 핑계뿐입니다.

　열린 경제 다시 살려 후손에게 부끄럽지 않은 자유대한민국을 현 정부가 이뤄주길 우리 모두는 겸손의 미덕으로 엎드려 기도해야 할 때입니다.

　제2시집 『가슴에 핀 꽃』 내용들은 암울했던 2019~2021년의 시사성 있는 내용들이 담겨져 있기도 합니다. 그리고 2022년도는 새 정부가 열리면서 새로운 새 시대의 소망을 갖고 기쁜 마음으로 시집 출간을 하게 되어 하나님께 감사드립니다.

　　　　　　　　　　　2022년 11월 노병순

| 차례 |

시인의 말

제1부 불편한 진실

2부 구름의 추억 길

제3부   사랑하는 손주의 십계명

제4부 그날의 당신

제5부 바람과 나

제6부   회복하리리

특별 부록 ┃ 박영식의 수필

제1부

불편한 진실

어머니의 사랑

힘들 때마다
어머니를 찾아가
고달픈 삶을 푸념하면
가슴에 품어주며 위로해주시던
그날을 잊을 수 없다

얼룩진 긴긴 세월
인내하시던 어머니
뜨거운 그 사랑 잊을 수 없다

자녀들을 키우는 동안
어머니의 사랑이 얼마나 큰지
제 가슴에 꽃 한송이로 피어나
그 향기 맡으며

어머니가 가신 그 길 따라
답습을 하다 보니

행복인 줄 알았다

오늘도 여울져 흐르는
어머니 사랑의 힘으로
감사와 고마움을 전한다

가슴에 피는 꽃

얼룩진 사연들
못다 피운 꽃망울

가슴 속의 응어리
버린들 어쩌겠소이까

백년에 한번 핀다는
소나무꽃 사연

허기진 가슴이 아린데
어쩌겠소 채울 수 없는 삶

인생사 다 그런 거잖소
잠시 머물다 간다고
잊고 지우고 산다고 하잖소이까

쌓인 한들이 멍들어

숨겨져 있다고
모두들 아우성인데

사회는 병들어가고
못본 척 태연히
그냥 이렇게 살다간들 어쩌겠소

오월의 불효

가정의 달 오월이

어김없이 찾아오네요

부부의 무촌에서

한 가정이 시작된다지만

아직도 어머니부터

시작이 되고 있습니다

어머니! 진주 빛 눈물에 저미는

보라빛은 아직도

못다 이룬 불효막심이겠지요

어머니는 친정이 없으신 줄 알았고

동태대가리가 맛있어

혼자 드시는 줄 알았고

뚫어진 뒷굽 한번 두 번 꿰매 신으시는 것은

당연히 어머니 몫인 줄 알았습니다

흰 커버 양말 선물 들어오면

그것은 내 것인 줄만 알았습니다

헌수건 머리에 쓰시고

버려지는 넥타이가

어머니의 허리띠였습니다

한겨울 터진 손에 핏방울

삐뚤어진 마디마디

어머니 손

동네에서 가장 큰

어머니의 나뭇동

이시고 삼천병마로

언덕길 오르시며

헉헉 숨 고르실 때

고된 삶이란 걸 생각지

못 했습니다

어머니가 그리도 바쁘게

가실 줄 몰랐고 그 길이 정녕

다시 못 오시는 길 이란 것 알았을 때

후회란 걸 했습니다

주방 모퉁이 서서

오징어 양배추 볶음,

후루룩 우거지 된장국

흉내내보려 하지만

설레설레 어머니 맛이 아닙니다

불편한 진실

누군가 나를 위해
존재할 것 같은 생각으로
오뚜기처럼 벌떡 일어나
아침부터 분주하다

육십 넘어 칠십 문턱에
가진 것은 남편 명의로
전세 끼고 은행융자 받은
집 한 채 뿐 등기권리증 받고
이사하던 날
세상을 다 가진 것처럼
가족이 좋아했고
설렘의 속삭임으로
며칠 밤을 설치고 새웠는데

별안간 치솟은 이자와
몇 달이 멀다하고 바꿔지는

주택담보 정책에
두 무릎과 손바닥이 바빠진다

눈에 보여지는 금융기관
문턱은 모두 넘어 보는데
하나같이 주택담보 강화로
더 이상 어떤 대출도
해줄 수 없다는 것이다

대선공약에서
내 집 마련에 앞장서겠다고
큰소리치더니
고작 LH 임대주택이던가
청년실업주택이던가
포퓰리즘 정책에
미래지향적인 설렘은
물 건너가는 소리가 나고

정부 곳간 비우며

선심성 쥐 오줌 만큼에

지원금은 소비성에

인플레이션 부작용뿐인 것을

그렇게도 어렵게 몇 십대일

또는 몇 백대일로

당첨된 청약아파트인데

주택대출 막혀

이러지도 저러지도 못하는

현실이 아프다네

가을 연가

가을비에 젖은 창문
살포시 빗금 위에 걸터앉아
똑똑똑 쉼 없이 노크를 한다

누가 보낸 엽서인지
살포시 품에 안고
설렘으로 살펴본다

지난여름 지치도록 힘들었던
나를 뒤돌아볼 때
주르륵 빈 가슴에 눈물이 고인다

세상은 온통 고뇌와 위선덩어리
보잘 것 없는 자존심의 늪에서
몸부림치며 견디어온 순간들

세상의 일들이 사라지는 안개와 같고

옆구리를 간지르는 간사한 웃음
그런 사람들에게 흔들리지 말자고
오늘도 정신을 가다듬는다

멀지 않아 찬 서리도 내리고
동장군도 찾아올 것인데
바람에 휘날리는 낙엽 한 잎
나무 곁에서 온몸을 떤다

가을이 온다

가을이 손짓을 하면
지나가버린 추억이
불꽃의 심지로 타오른다

하하 호호
사랑하는 이들과 함께
황금물결에 취해
우리는 더욱 하나가 된다

가을이 부르면
오솔길 회한의 언덕
빛나던 옛길마다
아련한 숨결로 피어나고

가을이 익어가는
산수 좋은 봉담골에서
알밤 도토리 후두둑 후두둑

환희의 숲속에서 가을 축제가
뜨거운 사랑으로 이어진다

우린 오다가다 만난 인연이 아니다
이 가을날 지고지순
은빛 날개 넓게 펼치는 한 가족
행복 열차 타고 함께 출발

가을이 함께 하며
산과 들에도 한줄기의 바람에
후두둑 툭툭

슬픈 민족

종전선언 지구촌 선포

며칠이나 지났다고

탄도미사일 순환미사일

올 들어 일곱 번째 솟았다네

휴전인가 전쟁인가

두려움과 초조함

민족 비극 이어지니

멸공 외치다 불매운동 뭔 일인가

속고 속이는 정치

눈 가리고 아웅 하는 위정자들

역사는 알리라

후손들에게 총부리 받으리

공산당의 만행

역사 앞에 무릎 꿇어라

끊어진 자유의 다리

역사의 상처로 남아 있네

슬픈 민족의 숨결

어찌 잊으리까?

기다리는 봄

무심코 던져진 돌멩이는
누군가의 머리 깨어지고
심장 터지는 고통이 된다

온갖 술수와 음해로
정의를 무너뜨리고
국가를 도태시키며
시퍼런 칼날을 휘둘러
뭇 생명들이 희생되었다

기약 없는 이별의 슬픔
이 나라 제자리로 언제쯤 회복될까
두 다리 아프도록
광화문광장을 맴돌며
진실을 외치다가 밤을 맞는다

넓고 푸른 창공

보이지 않는 하늘
만삭된 산모의 고통으로

정의를 부르짖으니
자부심이 달고 오묘했다

오월의 꽃

희생과 헌신으로
살다 가신 어머니
떠나신 빈자리마다
찾아드는 그리움에
카네이션 한아름 안고
작별인사 하던 곳
다시 찾아봅니다

삶의 무게 핑계련가
이 땅의 헛된 것 바라지 말라며
꿈에서도 훈계하시는
어머니께 백만 송이 카네이션
하늘과 가슴을 덮는다 한들
어디 넘치리이까

하늘을 우러러본들
살과 피 내어주신

어머니 볼 수 없어 눈물이 납니다

부활의 예수님처럼
가시물고기 되신 어머니의 희생

진정 당신은
영원히 지지 않는
오월의 꽃 여왕이십니다

은빛 별채

충령산 안고 돌아
아담하게 자리 잡은 별채
노부부 웃음꽃 피우며
자유롭게 살아간다

부추 당근 양파에 버무린 잡채
도토리 앙금에 김 뿌리고
파 마늘 야채 치커리 사과
견과류까지 곁들인 야채샐러드
백김치는 먹어도 모자람이 없다

구수하고 고소한 콩죽은
담백한 어머니의 손맛
콩비지 순부두찌개 배추겉절이
감자조림 돌솥 밥에 숭늉까지
더덕무침 새콤달콤 입맛이 살아난다

후식에는 감주까지 곁들여

사랑하는 사람과 함께 하니

행복에 겨운 날

해 지는 줄 모르는

그 분이 내려주신 은혜

행복을 찾아서

큰 것도 아니고
작은 것도 아니지만

눈만 뜨면 서로 안부 물으며
행복이란 단어를 애써 잡으려 하면
발가락 사이로 솔솔 빠져나간다

탐심도 아니고
채운 것도 아니지만

빈 가슴으로 밤이슬 맞으며
행복이란 단어를
찾을수록 괴롭다

달그림자 기울 듯
어둠이 오기 전
새들은 날개 풀어

어디론가 사라지고

잡힐 듯 잡히지 않는
삶의 정수리에서
인꽃의 향기로 외롭지 않다

버려야 한다

무엇을 위해
이토록 분주하게 일하는가
온종일 허둥지둥
하루가 부족하다

거실을 오가며
소파를 한 바퀴
눈알을 굴러가며
버릴 것을 찾는다

한 번도 쓰지 않는
먼지 속에 빛바랜 것들
아직도 버려야 할 것이
너무나 많았다

무엇이 소중한 것인지
어떤 것이 중요한 것들인지

대충 생각으로 정리한다

숨 쉬는 공간만 남기고
내일을 다 버려야
가벼워질 수 있는 삶

이제 돌아갈 길에
부끄러움이 없는 인생길
성숙되어 가련다

제2부

구름의 추억 길

오늘과 내일

비밀이여
아픔이여
슬픔이여
심장의 고통이요

지우며
잊으리오
감추리오
찢겨진 속살이요

손 놓으리
돌아서리
숨어버리면
가려진 진실이요

품속에 것들이여
눈 속에 보여짐이여

오늘이면 지나가는 것들이여

이 밤 지나고 내일이면
새날이 온다고요

삶

우리의 연수가 칠십이요
강건하면 팔십일지라도
그 연수의 자랑은
수고와 슬픔뿐이다

젊음과 행복은 신속히 가니
오직 우리가 쉴 곳은
그분이 계시는 곳이라네

고난이 기쁨보다 많은 이 세상
조각난 유리상자라 할지라도
한 조각 두 조각 붙여
다시 시작하게 하시는
주님이 계시니 우리는
선택받은 자로서 감사해야 하리

내일 지구의 종말이 온다 해도

오늘 한 그루의 사과나무를 심겠다는

스피노자처럼 우리 역시 오뚜기처럼
다시 일어나 날마다 새롭게
후회 없는 삶을 살아가야 해

구름의 추억 길

눈물과 수고가 많은 삶도
그칠 줄 모르는 빗물에 실려
모두 떠내려 보내야 하네

행복만이 존재하는 곳으로
사랑하는 사람과 함께 태평양을 건너
무한정 여행을 떠나고 싶네

북동쪽 하늘에 펼쳐지는
극치의 무대
노르웨이 만년설과
송내 피오르드가 피어오르고
훌드라 요정들의 공연이 펼쳐지는
아름답고 황홀한 그 세계
스위스 몽블랑 만년설도 원정 와 있네

크로아티아 프리트비체

슬로베니아 블레드호수

오스트리아 찰츠부르크
아! 지난날 추억을 한 눈에 그려보는데
중앙분리대가 가려져
일막이 내리고 셔터의 멈춤이 아쉽네

아직도 벅찬 가슴에
페르시아 전설의
카슈카이족들이 잡아간 울드염소
프랑스에서 이사온 푸들가족은
손 흔들며 곱게 인사하네

쏟아지는 새벽별을 보면서
시내산 오르던 낙타는
언제 거기에 있었던가

북극에서 나들이 온 백곰도

엉덩이로 덩실덩실 춤추고

뉴질랜드 푸른 언덕

양떼들은 떼를 지어 소풍나들이

옆자리에 누워 있는 아기천사

예수님의 입맞춤으로

인류의 구원자이시라

슬퍼도 행복해도 감사기도뿐이네

2021, 기형시대

붙잡아둘 수 없는 세월에 매달려
당기고 버티며 줄다리기하며
날로 극악해져가는 세상
인정과 미덕이 사라진 지 오래
정의와 진실은 자꾸만 멀어져간다

잡으려 애써보는 길
미래가 보이지 않는 이 시대
명분도 기회도 없어
저며 드는 쓰라린 아픔
굳어버린 이 시대를 풀기 위해
두 무릎 꿇고 기도한다

세상사의 인생길
내 뜻대로 내 맘대로
갈 수도 할 수도 없지만
자고 깨면 걱정되는
자유를 잃어가는 대한민국

여명

북동풍의 칼바람
밤새워 불어 닥치더니
대한보다 강하다는 소한이
호수공원 한쪽 모퉁이에
꽁꽁 얼어붙어
고통으로 머물러 있다

옛 추억의 길에서
멈추어진 발걸음
짧은 겨울 햇살 눈부시고
하늘엔 유유히 조각구름 흘러가고
핏빛으로 물들어가는
세월의 아픈 속

기다림의 절규던가
천지개벽 소스라치니
하나님도 화가 나서

저 위정자들 꾸짖고 있는 걸까

곧 새날이 오리라
곧 새벽이 오리라
곧 해가 솟아 어둠의 세상
환하게 밝히리라

얼굴

거울 앞에 서서 나를 본다
동짓달은 아직 먼데
하얗게 서리가 내려앉았다

어느 사이 이마에는 골지고
빠른 세월이 흘러
병장 계급장이 붙어 있다

코스모스 잎처럼
잘게 부서진 눈가의 나이테에서
서걱거리는 소리를 낸다

코를 지나서
입가에는 상념의 흔적이
고스란히 머물고 있다

이제 거울을 덮으며

마음꽃씨 봄의 향기에

가득 뿌려 다시 피워보려 한다

일상

하루가 지나려 하네요
급하게 서산을 찾네요

아직도 덜 익은 풋사과처럼
떫떫한 삶으로 가시렵니까

한숨 돌려 쉬어 간다고
누가 뭐라 불평하던가요

늙어지기 싫어
익어가는 거라 한들
그냥 익어만 지던가요

가려진 그늘 밑에서
향기 나는 꽃은
필 수 없다지 않던가요

이토록 노을꽃 향기가

가슴으로 퍼진다고

가련으로 보려 하지 않습니까

가을 하늘 청명함에

함박웃음 뿌려가며

서로 손잡고 가보자구요

2020, 암울한 시대

광화문 네거리
잿빛 하늘 닮았네

온통 윙윙 이는 촛불집회
지나간 흔적마다 화상을 입었네

날개 꺾인 독수리 떼
발톱까지 몽땅 뽑혀
우왕좌왕하며 발악을 하고
안면수심인들 알려는가

하얀 목련 실눈을 뜨고 있는데
꽁꽁 얼어붙은 이 나라
언제쯤 회복하려나

애타게 기다리는
봄은 오지 않고

슬픈 민족의 숨결만 거칠다

조국을 위해 목숨 바친
선조들의 고귀한 희생
무엇으로 갚으리까

태극기 휘날리는
그날의 함성
길이길이 보전하리라
대한민국 만세이어라

못다한 사랑

술람미 여인처럼 검게
그을리신 어머니!
제가 시의원이 되었다는 것을
스치는 바람결에 전하고
초저녁 초생달 기울 때
어머니 몹시 그리워 웁니다

골진 언덕길
머리 위에 나뭇동 힘겹게
피멍이 들도록 고생하신 어머니
가슴이 찢어지는 듯 아픕니다

어머니의 갈퀴손과
주름지신 얼굴에 골고루
영양 크림 듬뿍 발라
정성껏 두 손으로
맛사지 해드리고 싶습니다

신발도 좋은 것 사드리고 싶고요
예쁜 옷도 사드리고
낡아빠진 넥타이 끈으로
졸라매신 약하디 약하셨던 허리
소고기 등심도 함께 먹고 싶습니다

정말 드리고 싶은 것은
흰 수표 한 장
손에 넣어드리고 싶습니다

후회와 그리움이
휘감는 어두운 밤
아직도 내 맘 속에 가득한
어머니 생각으로 잠 못 이룹니다

그대와 나

육학년 오반
해바라기는 하나 둘
정리를 하면서도
기둥 하나는 그냥 서 있다

돌아서버릴까
고개 푹 수그리고
망설임과 무언의 눈빛으로
손잡고 지켜주었지

투정도 불만도
모두 쏟아놓아도
한밤 지나고 나면
가슴 털고 웃음으로 스쳤고

아픔과 미움이 밀려들 때면
가슴 깊은 곳

나락으로 심어놓고

김 안 나는 숭늉이
더 뜨겁다고 말하는
그대가 있기에…

녹누억 해변길

다낭으로 가는 길
행복 안고 찾은 길

블루우 달빛 휘감고
부서지는 물결

하이얀 물거품에
서럽도록 시린 발

사유思惟에 멈추어진 삶에서도
야자수 잎새 잠시 숨긴다

밤 익어져 동녘 여명
아직은 먼데

맨발의 샌드 그리워
어느새 찾아든다

발목 입맞춤에
속삭이는 물결

왜 그리도 울었냐고
물음에 벌써 잊었다네

바람이 찾아온 거라고
슬프지 않았다네

푸른 물결 품에 안고
마음꽃 향기로 행복
날개 펼치겠다 하네

불꽃

전곡하늘은 불꽃으로 물들어
어두운 밤바다 익어져 가는데

타향살이 서러움에
함구 되이 냉가슴일세

서슬 퍼런 노른들
번득이는 눈빛에
휘둘리는 잡것들
손바닥 금 어디 매
남아 있으리이까

알아야 면장을 한다는데
이런 부끄러운 일이 있으리

내 손바닥 안에 있는 줄 모르고
손바닥 비벼대어 진급하는

행정도 모르는 것들 한자리씩 차지하고
눈 가리고 아웅 하는 식이다

안면수심 돌 머리
도태된 이 나라 이 땅에
민둥산에 수치일세
지구촌 망신일세

제3부

사랑하는 손주의 십계명

우리는

설레이는 가슴
같이하는 마음
좋은 사람과 함께 갑시다

흔들리지 않는 마음
변하지 않는 가슴
이해와 사랑으로 함께 가요

밤하늘 별 닮은 가슴
봄날 벚꽃 같은 마음
첫걸음의 시작으로 함께 가야죠

보이지 않고
보여지는 고운 마음
이해와 사랑으로
즐겁고 행복한 동행이 되어요

그리움의 맛

유월이 저물어갈 때면
어렴풋이 생각난다
햇감자에 애호박
투걱 투걱 큼직하게 썰어 넣고
삼년 묵은 씨 된장
덩글덩글 풀어서
큼직한 냄비 가득
부글부글 끓어 넘치는
어머니표 된장찌개 맛
바람결 전설로 더듬듯
가슴 가득 향수에 젖어든다
하늘에는 한 폭의 옥색치마폭
아, 그리운 어머니의 손맛
아직도 메아리로 되돌아온다

사랑하는 손주의 십계명

1. 믿음
   주일을 거룩하게

2. 효도
   부모공경

3. 배움
   아는 것은 소통이다

4. 담대함
   자신 있게 최선을 다 할 것

5. 일기쓰기
   기록은 나의 역사

6. 희망
   꿈이 있으면 즐겁고 행복하다

7. 재산 관리

   사회와 가족을 편안하게 한다

8. 나눔

   남을 이해하고 배려할 줄 아는 것

9. 겸손

   교만과 거만은 왕따로 산다

10. 사랑 실천

    언제나 가슴이 뜨거워야 한다

운명과 숙명

먹구름이 온통 세상을 덮는다
아우성치다가 금방 전염되는
역병돌이 핑계련가

좀도둑 세상으로
뒤집어지는 시대
가슴이 피멍으로 얼룩져가고

자꾸만 작아지는 생각이
차라리 못 본 척 못 들은 척
지나치고 싶은데 어찌하오리

잠시 쉬었다
다시 시작하는 일상들
보약이 될 수 있다지만
나는 그렇게 살 수 없는 운명

이화

비스듬한 언덕길

달빛 어린 백색 날개의 천사

긴 겨울 이겨낸 개선장군 되어

결실의 희망 품은 고운 자태

꽁꽁 언 숨결

단숨에 풀어헤치고

너 닮은 나이고 싶구나

사랑한다 고맙다

직박구리 가족

주인집 옥상에는
언제나 푸짐한 상차림
해바라기, 분꽃, 토마토, 오이,
블루베리, 아세로니아, 쿠베아 씨앗

사람을 좋아하는
주인의 넉넉함에
찾아오는 손님들이 많아졌다

주인마님 조반상은
블랙커피 한 잔
오늘도 새 식구가 찾아와
나눔의 기쁨이 넘친다

아침엔 새들이 날아들고
저녁이면 붉게 물든 블루구름
저녁노을과 함께 익어져 가는데

주인집 옥상에는 초대받지 않은
직박구리가 옥상 난간에
서열 순서대로 쭉 앉아 있다

엄마 직박구리는
이쪽저쪽 살피다가
블루베리 하나 입속에 담아 간다

배고픔이 더한 새끼는
먼저 먹겠다고 아우성친다
어미 새는
첫째의 입 속에 넣는 듯하다가
다시 먹이를 입에 물고
둘째, 셋째, 넷째에게 반복하더니
그 중에 가장 비실비실한 막내의
입 속에 블루베리를 넣어주며
알아들을 수 없는 소리를 낸다

어미 새는 건강하지 못한 새끼를

먼저 챙겨야 한다는 것과

세상 살아가려면 어려움이 많으므로

건강한 형제들이 약한 동생 보살피라는

반복 훈육 중이었나 보다

어머니의 사계절

어머니가 봄소풍 가는 날
신사터, 깊은 골, 삼천병마골,
너벅취, 원추리, 삽초삭

어머니의 여름 나들이
젖버섯, 꾀꼬리버섯, 싸리버섯,

어머니의 가을 원정
알밤, 도토리, 산 도라지,

어머니의 동계훈련
솔가래, 가랑잎, 솔 청가지,

그리움으로 찾아가는 곳,
삶의 흔적이 묻어 있는 곳

핏줄

노을의 불덩이가
풍덩 하고 떨어지는 외침이다

운동이 생명인 냥, 밥줄인 냥
성한 곳 없이 하더니
신체 중 가장 소중한 곳이 터졌단다

단숨에 달려간 곳은
겨울 햇살 작은 빛 잠시 스치는
보잘 것 없는 귀퉁이 좁은 공간에서

새하얗게 질린 얼굴
바싹 메마른 입술
천리향 한쪽 입속에 넣어주니
그제서야 고모 알아보네

가난이란 울타리가

한없이 힘겹고 아프다

서로 아껴주고 믿고
의지하며 어떤 가족보다
더 사랑하는데 가슴이 저며 온다

겨울 하늘 맑은 구름에
아린마음 실어 보낸다.

밤나무 골

나즈막한 동산에
심어준 이도
가꾸어준 이도
알 수 없는 작은 동산

재작년에도
지난해 가을에도
알밤 줍던 여유로운 시간
올해도 그냥 지나칠 수 없다

우와! 우와!
푸른 나뭇잎 사이로
지렁이처럼 매달린 밤꽃들

어느 시인이 쓴
시가 생각나
웃음을 참을 수 없다

한여름 뙤약볕을 받으며

고된 길 잡아주겠지

풍성한 알밤 되어

나를 반겨주겠지

사발꽃

희고도 고운 자태
조선 백자 달빛에
비추어진 그림자이어라

한들한들 실바람에
귀한 손녀 손에 든 솜사탕처럼
함박웃음으로 마음 흔들고

유월의 여왕 되어
왕관 쓰고도 겸손함에
고개 숙여 인사하네

소담소담 두 손 가득
넘쳐 채워짐은
부의 상징이던가

푸르름에 영롱한 백사발

그 이름도 찬란한

꽃의 왕 수국이어라

함께라면

그대, 두 손 잡아주면
밤하늘에 별도 셀 수 있습니다
그대의 손길 내 어깨 감싸주면
천길 헤엄쳐 건널 수 있습니다

그대의 눈빛
내 눈에 비추어주면
휘몰아치는 허리케인도
견뎌낼 수 있습니다

그대의 깊은 마음의 강
내 심장에 흐르면
나이야가라 폭포도
건너뛸 수 있습니다

달빛 그림자 되어
가슴속 깊이 파고들어

마르지 않는
옹달샘 될 수 있습니다

천리향 만리향
온 우주 만물을 지으신
주님의 거룩한 사랑
온전히 전할 수 있습니다

그대와 주님의 향기
저 높은 곳까지도
순종으로 함께 갈 수 있습니다

다이어트

강의실 중앙에
묵밥과 호박동동주

어제 저녁 다이어트
오늘 아침 굶어지겠나

점심은 선식에 과일
한 조각이었으니

고파라 배고파라
이 시간 언제 지나가나

강의실 중앙에
묵밥에 호박동동주
침이 꼴깍 못 참겠다

제4부

그날의 당신

사람꽃

아침 햇살처럼 눈부셔라

영롱한 눈망울은

새벽별 환한 금성별

아장아장 걸음마는

담장너머 유월의

장미처럼 온 세상

무르익어 피워주고

가슴으로 파고드는 정은

초여름 밤 살금살금 찾아오는

실바람처럼 녹여주니

어여쁜 미소

이 몸 백골 되어

현조비유인 신위가

없다 한들 어떠하리

샤론의 수선화요
골짜기의 백합화인데

천리향 만리향인들
지구촌 반 바퀴를 돌아
다시 온다 한들
나의 사랑만 하리까

곧고 바르게 피어라
지지 않는 인꽃 되어 피어라
행복나무로 튼튼히 성장하거라
굳건히 담대히 서거라

진실

아름다운 것들을
찾기 위해
가슴 깊은 곳까지 찾아가본다

순수한 것들을 찾으려
마음과 마음으로
대화를 나누어본다

참되고 바른 것들 위해
무엇을 어떻게 채워가고 있나
거듭 생각에 잠겨본다

최선을 다 하였다고
부끄럽지 않다고
어떤 독도 없다고

진실이란 단어 앞에서

두 무릎을 꿇는다

고개가 숙여진다

그날의 당신

우연히 마주친
주름진 얼굴에
무엇이 자꾸만 그려진다

아련히 찾아오는
어머니의 모습
묻어 간직했던 그 사랑

어느 봄날
청보리 푸르게 자라는
봄날이 오더니

실바람에 흰 무명 적삼
걷어 올리시고
검은 몸뻬에
코 찢어진 흰 고무신

히얀 수건 머리에 두르시고
호미자루 한 손에 들고

열심히 밭을 일구시던 어머니

십년이 넘어
이제는 지워졌겠지 생각했는데
아직 가슴에 숨어 있었나보다

잠을 이룰 수 없는 밤
지울 수 없는 모습
순간마다 스치는 주름진 모습

세월가면 잊혀진다 하는데
다시 찾아드는 함께한 세월들
마냥 아리고 그리워진다

왕솔뜰

넓은 창가
사랑하는 사람들과
함께한 자리

코다리찜에 갈치조림
시원한 미역국
검정콩에 흑미밥
겉절이 더덕무침 잡채
과일 샐러드

넓은 창 너머 실바람
신고 유월의 장미꽃까지
반백년의 고갯길
왕솔뜰에 행복의 보금자리
오늘도 가득 안고 있구나

이별

어두운 골짜기
한줌 재가 되어 오던 날

별도 울고 달도 울어
한숨마저 넋이 나갔던 날

세상살이 그리도 아팠던가?
미안해서 꾸역꾸역
눈물 말아 삼키며 새우던 밤

심장은 새끼줄로 조여들고
남겨진 날들 어찌 살려나

장롱 속에 서린 추억
한이 되어
먹물로 남아 감도는구나

비밀

그대와 나의 낭만
비밀의 통로가
만들어져 있네요

무거운 짐에
늘어진 어깨 두 손 잡고
이고 지고 가는 길이네요

이제 무겁다는 얘기도
힘들었다고 속삭이며
숨김없이 다 말하라 하네요

가슴에 감추어둔 사연
저 강물에 던져버리고
새 봄에 다시 핀 목련처럼
함박웃음 함께 피워보렵니다

성단에 보내리

창 넓은 우리의 방
밤이슬에 머물며
성단으로 소풍나들이

황홀한 극치련가
초록별 쌍둥이 닮은 별
소리 없이 내 가슴에 수놓는다

마술에 취해 심장 녹는 소리
우리의 작은방 넓은 창가에
내 사랑 꽃씨 뿌려
봄비에 젖어 보내며

성단에 나들이하여
한숨 적어 두고 오리
그대와 함께여서 행복한…

유배

느지막한 아침나절
축 처진 어깨에
작은 책 한 권 옆에 끼고
북한산 자락에서
홀로 칼국수 신세 되어
눈물로 속 채운 지난세월

이해와 용서라는 단어로
심장 골수를 쪼개는데
한평생 걸어온 길에
어찌 글로 남기리오마는

화성에 삼십년
그의 몸도 맘도 다 쏟은
착한 나뭇군이시오
깊은 연못에 도끼를 빠뜨렸다고
슬퍼만 마시오

금도끼 은도끼 다 드리오리다

제 구슬 뒤로하고 풍자에
얼빠진 벼슬아치에
우리 장구 치지 않았으니
후손에게 부끄럽지는 않소이까

고백의 하루

미움도 고움도
한숨 돌리고 나면 같은 점

아픔도 슬픔도
한숨 쉬고 나면 같은 점

강건하면 구십이요
팔십도 불안인데

웃음으로 행복 찾아
좋은 님도 고운 님도
가슴으로 안아둘 걸

어찌 그리도
서로 상처 되어
가슴에서 맴맴 도는가

삶의 정수리에서

이고 지고 가려 하니
온몸이 천근이요 만근이라

양손에 가득 쥐고 가니
손마디마다 부서지는 아픔이여

가슴에 서린 한 껴안고
오장육부 근육마비 치료도 없다 하네

백년을 살까
이제 꺾어진 삼십도 넘었는데

나지막이 외쳐보리
분명 뿌린 씨앗
그대로 거두리라

작아진 마음

서산의 붉은 노을
그 빛이 분명한데
내 작아진 모습은
왜 이리도 쓸쓸할까?

달 그림에 시린 맘은
자꾸만 작아지고

진실은 저 멀리에서
애간장만 태우고 있으니

서슬 퍼런 좌파 늠들
작은 가슴에 피멍으로 물들이고

내 님이시여! 언제쯤 소망의
꽃단장하고 그 자리 오시리이까?

맨발로 달려가

이 한목숨 던져 바치렵니다

제5부

바람과 나

봄날의 진주

봄들의 유혹에
다육이를 만나러
슬금슬금 찾아간다

일곱 개의 다육이들 선택했는데
남편은 흔하고 흔한
샤인브라이트를
살그머니 계산대에 올려놓는다

그래 너도
내 식구가 되고 싶구나

내 마음 진주는 일곱개
하나는 저 멀리
고개 숙이며 가만히 있던 너

한 달 지나고 보름이 흘러

너는 영롱한 진주 빛 자태로

최고의 빛으로 나를 보고 있구나

모순

나 홀로 모든 짐
이고 지고 쓸쓸히
못 다 피운 꽃 한 송이

성문 밖의 아우성들
핏빛 물결 출렁이고

아직도 한탄강에
지뢰가 웬말인가

가련의 태극기부대
촛불로 가려져
힘을 잃고 있으니

어찌하나
뱃사공이 많아
배가 뒤집히려 하네

바람과 나

눈으로 볼 수도
만질 수도 없는 너

속마음 보이질 않아
알 수가 없는 나

나뭇잎 흔드는 너
삿대를 흐려놓는 나

한 순간 모든 것을
앗아가는 너

한마디 쏟아낸 말
뼛속으로 사무친 나

돛단배 항해로 책임진 너
용서라는 단어에
사랑으로 모든 것을 덮는 나

한 달을 마무리하며

눈뜨면 아침이고
돌아서면 저녁이고
월요일인가 하면 주말이고
어느새 7월의 막바지

세월이 빠른 건지
내가 급한 건지
아니면 삶이 짧아진 건지
마음속의 나는 그대로인데
세월은 참 빨리도 간다

짧고 허무한 세월
그래도 하루 이틀
최선을 다해 살아야겠지

늘 바람처럼 물처럼
삶이 우리를 스쳐 지나간다 해도

사는 동안 아프지 말고

어느 하늘 어느 곳에 살든
우리 님은
행복하게 살았음 좋겠다

사는 게 바빠서
만나지 못해도
이런저런 경로라도
소식을 전할 수 있음을
감사하게 생각한다

늘 변함없이 행복하고
작은 마음이라도
나눌 수 있기를 희망하며
그리고 사랑한다

머문 길

황혼이 익어갈 때쯤
석양에 오로라가
쪽빛 되어 꽃으로 황홀하다

곧 진다고 하는데
아직 전한 소식 없어도

찾아오는 별빛의 달그림자
분명 기다리고 있었겠지

이 순간 가족의 인동으로
가슴꽃 어루만지며
피고 있다는 것을…

가장

삶의 그늘에
준비 없는 무게가
어깨 위에 올라앉아
가슴으로 스며들었다

한 가족 한 가정에 어른은
무엇을 어떻게 품어야 하는지
배운 적 없이 그냥 알게 되었다고

실천 앞에서 가부장적
독선인 줄 모른 채
잘난 척 위선에 어느덧
노을꽃 지난밤은
삼경이 지나가고 있구려

아직도 못다 핀 꽃송이

지나가버린 시간들
원망도 후회도 않으련다

가야 할 길 남았는데
어찌 멈추어버릴 수 있을까

고운 꽃길만
바라지는 않으련다

작은 돛단배 희망 돛을 올리고
흥얼거리며 뱃노래 부를까

영롱한 아침햇살에 이슬 머금고
웃어주는 나팔꽃과 풋사랑 애기

뜨거운 태양 아래 끝없는 모랫길
맨발 되어 힘껏 달려도 보련다

달빛이 기우는 밤

물망초 꽃망울에 익어가는 밤

진실 담은 사연 들어주는 이

나를 잊지 말아줘

여기는 코아루

엄마 아빠 그리고
5학년 남자아이
잊을만 하면 이 아이를
엘리베이터에서 만난다

언제나 밝은 모습으로
안녕하세요
먼저 인사를 건넨다

예쁘고 반가워서
곁에 있는 부모를 바라본다
다섯 평 남짓 세 식구
그래도 행복 전도사

나는 그만 울컥하여
두 눈에서 흐르는 눈물
따사로운 가족의 사랑을 보고

감격과 안쓰러움일까

쓰레기 버리러 내려갔다 오다가
좀 전에 만났던 5학년 친구를 만났는데
더 밝게 웃으며 인사를 받는다
"안녕하세요?"
"넌 어쩜 이리도 훌륭하니.
정말 너는 세계를 다스릴 수 있겠어. 외식 맛나게 먹었니?"
"예, 요 앞에 있는 분식집에서 잔치국수와 쫄면 그리고 만두국 먹었어요.
근데요 엄마 아빠가 제 옆에 계셔서 행복하고 정말 맛나게 먹었어요"

날마다 이런 친구만 만나고 싶다

할아버지 마음

알콩달콩 밤샘의 수다

부족한 잠에

떼쓰는 여섯 살 손주

할아버지는 서둘러

동동걸음 하시지만

손주의 눈물 호소에

마음은 벌써 무너지고 있다

할아버지! 유치원 가도

할아버지 생각나고

친구와 놀아도 재미 없고

공부도 할 수 없어요

손주에게 고삐 풀린 할아버지는

손주 손 잡고 엄마에게 뭐라 하지?

손주의 말이라면 마음이 약해져

며늘아기 책망은 온데 간데 없어지고

지금 내 손주 예쁘다고

후회는 뒷전이라 하네

고마움

멀고도 먼 길
광야를 헤매다
돌아돌아 찾아온 길
나는 살포시 손잡아준다

따뜻함과
포근함까지

눈시울 감추려
그냥 미소만 보내며
아무 말 한마디 못했다

그대는 벗님

육십 넘어
그렇게도 하고 싶다던
그림을 그린다네

쪽빛 하늘 요술쟁이
하이얀 눈꽃송이
애면글면 사연담은
한 폭의 작은 마음
그대의 웃음 속에 하루를 보내며

오늘밤 지울 수없는
창문 너머 구월이 구르는
속삭임에 함께 묻어가는구려

손주 이야기

달랑달랑 흔들흔들
할아버지가 심어놓으신
옥상 텃밭의 호박넝쿨

담장타고 내려와
싱긋벙긋 방글벙글

창문 밖에 슬그머니 내려놓아
할아버지 할머니 보고 인사하네

날마다 하하 호호
행복하다 웃고 있네

내 꿈 안고
반가반가 양손 흔드네

사알짝 속삭이며
행복의 향기는 바로 나야

제6부

회복하리라

손주의 자유

여섯 살의 손주
눈에 넣어도
아프지 않을 것이다

해는 중천인데
아직도 한밤중
깨울 수도 없고
그냥 잠자게 할 수도 없다

어젯밤 늦도록
황홀한 유튜브를 보다가
일상의 생활이 깨어져
주일 아침이리도 바쁘다

욕조에서 할아버지와 함께 하며
"우와! 따뜻하다"
할아버지랑 행복하게 살고 싶단다

회복하리라

역사를 움켜진
쓰라린 가슴들이여!
피멍으로 얼룩진 용사들이여!
잦아진 외침에
맥 풀린 태극전사들이시여!

그 자리 지켜야만
희망의 내 나라
부끄러움 없는 어미 되어
후손에게 길이길이 남겨야 하리

부서지는 물거품들
포장된 위선 덩어리
속히 가거라 떠나거라
우린 분명 다시 찾으리

오소서

봄이여 오소서
지치고 상한 영과 육
민들레 노오란
꽃송이도 좋사오니
한아름 안겨주소서

메마른 이 땅
목이 말라 쩍쩍 갈라져
한 모금의 오아시스가
그립고 필요하니
단비를 내려주소서

찢겨진 상처를 끌어안고
흘러가는 세월 앞에서
모두는 무디어 가고만 있는데

으르렁거리며

심장 녹아내리게 하는

분별력이 없는
어리석은 사람들
안타까워 외치면
메아리로 되돌아올 뿐…

다랭이 논

지내산 골짜기
주인 모르는 다랭이논
얼기설기 푸른 줄 잇는
모내기 하여 뿌리를 키운다

이제 입학식을 마친
초등생 같은 벼
곧 찾아올 폭염과 폭우
잘 견딜 수 있을까

오월의 실바람 싱그럽고
햇살도 무관심하지 않는데
못쓸 잡초가 무성하여
여물던 알곡이 영양분을 빼앗겨
쭉정이가 더 많다

삭막한 세상에는

잡초처럼 사는 사람들이 많다

누구를 만나고
무슨 일을 하느냐에 따라
우리의 삶이 달라지는 것

가을날 꽉꽉 찬 알곡이 되는
삶을 살기 위해 나는
오늘도 쉬지 않고 열심히
가족과 사회와 대한민국을 위해
이 한 목숨 피가 되고 살이 되리라

산딸기

한장골 언덕배기
건파 고랑 호미
주인은 온 데 간 데 없어라

이쪽저쪽 두리번
엄마 머리에 구멍 난
하얀 수건만 보인다

한장골 골짜기
샛물가에 붉게 익은
산딸기 한 바가지

찐 감자에
물 한 병이
엄마의 간식이었지만

엄마는 한 손 가득

새콤달콤한 사랑을

내 입안에 다 넣어주셨다

역사 탐방

4월의 나들이는
나사문학 역사기행
청계천 22개 저마다 숨겨진
비밀은 전설과 같다
눈부시게 반짝이는 꽃잎을 보며
더위에도 지치지 않는다

과거가 파헤쳐지고
현재는 유구무언
미래는 숨만 고르는데
북한산 백운대 소식
인왕산 치마바위 사연
역사를 길이길이 알리려 했건만
이리도 아픔이련가

수표교 관수교 오간수교가 말하리
유유히 흐르는 물결 눈시리도록
맑음이 어머니의 젖줄인 것을…

추억의 언덕

누구인가 정성들여
심고 간 언덕에
시간이 지나간 만큼
푸르름이 우거져 눈부시다

옛 추억을 묻으며 보내려는데
못 다 피운 이 맘
덜 익어진 청포도 같아라

내 모습 이대로
희망날개 펴 날아
푸르름에 젖어 가고자 한다

고향길
– 형부와 언니

선남선녀 반백년
사연 담고 이사 오는 길

님 손잡고 함께 하시니
미련도 후회도 아쉬움도
앞치마 한 폭에 수놓으시고
익어지신 나이테는
봄날의 벗꽃 길로 뿌려드리오니

삼봉산 봉우리 노을꽃
살포시 물들어가는 황혼길
무지개빛으로 오신다면
버선발 아니라도
맨발로 금의환향 하오리다.

특별 부록

박영식의 수필

추남의 고교시절

통 좁은 진 바지에 카키색 바바리 깃을 세우며 모처럼 오십팔 세의 아내를 집에 남겨두고 무작정 걸어본다.

울긋불긋 휘날려 쏟아진 낙엽, 벤치 위에 앉아 다리를 포개고 나목 사이 늦은 가을햇살을 여유롭게 만끽하며 사색에 잠겨 있을 무렵 전화벨 소리가 요란하게 울렸다.

"야! 너 왜 안 나오는 거야?"

"누구신데요?"

"이런…, 내 목소리도 잊으셨어. 나 고3학년 반장이다."

전화 한 통화에 반백년 세월이 눈 깜짝할 사이에 찾아들었다.

금방 지나간 시간처럼 또렷하게 피어올랐다. 그리고 문득 작문선생님의 얼굴이 주마등처럼 떠오른다.

이화에 월백하고
은한은 삼경일 제

일지 춘심을
자규야 알랴마는

다정도 병인 양하여

잠 못 들어 하노라

　지금도 원문 그대로 암송한다. 그뿐만 아니라 이조년 (1269~1343)의 시상과 뜻풀이, 고려말 문신으로 충혜왕 의 음탕함을 여러 번 충간하였으나 받아들여지지 않자 벼 슬을 사직하였다는 가르침의 시이다. 이 작품은 배꽃이 활짝 핀 어느 봄날 은하수가 흐르고 있고, 달빛 받아 배꽃 이 환한 밤이었다. 두견새의 울음소리로 지은이의 나라 를 사랑하는 우국충정의 심정을 두견새에 견주하며 아쉬 운 마음을 달래려는 시라고 강조하신 선생님은 김소월의 『진달래꽃』 시를 좋아하셔서 자주 낭송하시기도 했다. 나 도 덩달아 『진달래꽃』 시 등 선생님이 좋아하시는 작품들 을 모두 암송하게 된 것이나 다름없다.

나 보기가 역겨워 가실 때에는

말없이 고이 보내 드리오리다

영변의 약산(藥山) 진달래꽃

아름 따다 가실 길에 뿌리오리다.

가시는 걸음걸음 놓인 그 꽃을

사뿐히 즈려밟고 가시옵소서.

나 보기가 역겨워 가실 때에는
죽어도 아니 눈물 흘리오리다

　본명은 김정식으로 1902년 평안북도에서 태어나 1934
년에 생을 마감한 불우한 시인으로 불과 5~6년의 짧은
문학생활 동안 154편의 시를 남겼고 아가페 사랑보다 에
로스사랑을 노래한 이별을 품은 시라고 강조하셨다.
　이 외에도 서정주의 『국화 옆에서』, 한용운의 『님의 침
묵』, 윤동주의 『서시』 등등 서울대 국문과 출신의 김동원
(작문)선생님이 지금도 강의하시는 모습이 역력하다.
　그러나 그 당시 집안이 기울어가고 있었는데, 작은형님
께서 당신이 이루시지 못한 대학진학의 꿈을 막내동생인
나에게 대리만족을 하고 싶어 하셨기에 무작정 서울로 올
라가게 되었다. 그런데 갑자기 작은형님께서 결혼을 하게
되었다. 단칸방에 더부살이는 다락방에서 지내야 하는 신
세가 되다 보니 공부는 자꾸 사치인 양 멀어져만 갔다. 시
골 부모님 계신 곳을 피신 아닌 피신을 하면서 성적은 자
꾸 떨어져만 갔다. 그래도 아주 나쁘지는 않아 동국대 합
격 통지서를 받았는데, 나는 아무 말 없이 찢어버리고 시

골로 내려와 공무원 시험에 합격해놓고 군 입대를 하였다. 제대 후 바로 공직에 36년 근무하고 퇴직을 했으니 바쁘게 살아온 길이기도 하다.

지금은 사랑하는 아내와 1남 1녀에 손자 손녀와 함께 다복한 삶을 영위하고 있다. 그런데 어느 날부터 시인의 남편이 된 나는 자연스럽게 부부동반하여 문학단체 모임에 동참하는 일이 잦아졌다. 그리고 시간 틈틈이 청년시절로 되돌아가 다시 글을 쓰기 시작했다. 그뿐만이 아니다. 펜을 들고 글을 쓰다보면 고향의 향수를 느낄 수 있었고, 어머니의 품처럼 따뜻함을 느끼기도 했다. 그리고 아내와 나는 대화가 길어졌다. 우리는 단어 하나로 주제 삼아 온밤을 새우고도 아쉬울 만큼 소통의 장이 넓혀져 즐겁고 행복하다.

앞으로 몸도 쇠약해져갈 텐데 늙어서 할 수 있는 일이 바로 글쓰기가 아닌가. 글을 쓴다는 것은 앉아서 하는 일이라 눕는 일이 드물 것이다. 아무 취미가 없는 사람들은 식충이처럼 세끼 밥만 축내며 무료하게 누워 있는 시간들이 많을 것만 같다. 뒤늦게 만난 문학의 친구를 만나 남은 내 생애를 짐작할 수 있다.

이 세상에 태어나 문학을 선택한 일이 가장 잘한 일이 아닌가 싶기도 하고 또한 큰 행운과 행복이지 않나 싶다.

코로나와 아내

　삼년이 지나는 동안 가족 모두 스쳐지나간 코로나19, 2022년 3월 16일은 62만1328명이 감염되었고, 오늘은 어제보다 22만이 더 늘어났다는 보도 앞에서 우리 부부는 생명을 앗아가기도 하는 무서운 역병에서 비껴 지났다고 잠시 마음을 놓고 있었다.

　그런데 이게 웬일인가. 이틀 전부터 잔기침이 나고 목도 좀 아프다던 아내의 말을 들으면서도 잠시잠깐 컨디션이 좋지 않아 그렇겠지 짐작하면서 대수롭지 않게 여겼다.

　그런데 출근한 지 얼마 지나지 않아 아내로부터 문자가 들어왔다. 끈적거리는 콧물에 머리도 아프고, 근육통이 심해져 병원을 가야겠다는 심각한 내용이었다.

　평소 병원 가기를 싫어하는 아내에게 올 것이 왔나보다 싶어 신속히 항원검사를 하니 처음에는 음성이라더니 조금 시간이 지나자 희미하게 보여지는 선 하나가 더 나타나 양성이라는 판정을 받게 되었다.

　아내는 집으로 돌아와 약을 먹고 나니 조금 괜찮아졌다

며 또 부엌으로 들어가 찬물로 쌀을 씻고 묵을 만들어 점심준비를 하더니 무리가 되어 다시 잔열과 기침, 머리까지 아프다고 말했다. 아내는 극성을 부리는 바이러스와 밤새껏 전쟁을 하느라 고통 속에서 온밤을 지새웠다.

이튿날 아들이 알려준 코로나 전문병원으로 갔다. 아내는 수액을 맞은 후 한결 몸이 가벼워져 견딜만하다고 말했다.

몸이 좀 좋아진 아내가 식사준비를 하는 것을 보니 일단은 위험에서 벗어났다 싶어 안심할 수 있었다.

그리고 얼마의 시간이 지났을까, 슬슬 목이 뜨끔거리고 머리도 아프고 잔기침이 있고 견딜만했지만 시간이 지날수록 점점 불편한 몸이 되어가는 것을 느낄 수 있었다.

그러면 그렇지, 한 둥지에서 호흡하고 밥상을 마주하고 있으니 무슨 수로 이 역병을 지나칠 수 있으랴 싶어 바로 검사를 해보았다. 나 역시 감염된 것이 증명되었다. 한 줄은 선명하고 한 줄이 희미하게 보였으니 양성이란다.

나는 아내처럼 똑같은 증세로 몸져눕게 되었다. 약을 먹고 나면 잠이 쏟아져 계속 잠만 잤다. 아내는 건강치 못한 몸으로 나를 위해 면역에 좋다는 계란, 우유, 생선, 상추, 피망, 양배추, 키위, 귤, 딸기 등 이것저것 챙겨주었지만 이 역병은 앓을 만큼 앓아야 낫는다는 상식을 갖고 치

료에만 최선을 다했다.

잠시 지나간 코로나를 생각해 보면 2019년 말 우한 코로나가 스키장에서 부터 발생하여 2020년 1월말 '재난 역병돌이'로 선포되었고, 마스크 대란부터 광화문집회 철회, 사랑제일교회 예배철회 시작으로 점차적 교회 예배 강제 탄핵, 그리고 신천지에서 우리나라에 발단시켰다고 언론사에서 크게 보도하곤 했다.

거리두기 1~5~6 단계 동선 파악, 식당에 가면 본인 이름과 연락처를 의무적으로 기록해야만 했다. 정부에서는 역병을 막기 위한 인원수 제한하여 문전박대 등 모두는 두려움과 공포 속에서 우리의 삶을 무너뜨리며 단절시켰다.

그동안 자유를 누리면서도 고마움을 몰랐던 것은 분명 나만이 느끼는 일이 아닐 것이라 여긴다.

일제의 탄압 속에서 암울한 시대를 보냈던 선조들이 자유를 되찾으려고 독립운동을 외치며 목숨을 바쳤던 그 이유도 깊이 깨닫게 되면서 우리의 만남 속에서 소통할 수 있는 공간들이 얼마나 귀한 일인지 새삼스레 알게 되었다.

그동안 씩씩하고 맑고 깨끗하게 잘 살아온 아내가 늘 건강한 줄만 알았는데 많은 삶을 살아오는 동안 몸도 쇠약해졌다는 사실도 알게 되었다.

아내가 겨울나기 김장을 하고 나서 면역력이 많이 떨어

져 있다는 것을 알게 되어 앞으로 아내의 건강을 보살펴 주어야겠다는 다짐도 하게 된다.

경험주의자이고 철학자이며 영국에 대법관이었던 프랜시스 베이컨(1561~1626)은 아내란 청년의 애인이요, 중년의 친구이며, 노년의 간호사라 말했다.

잠언서 18장 22절에서는, 아내를 얻는 자는 복을 얻고 여호와께 은총을 받는 자니라고 했고, 국어사전에서는 아내는 혼인하여 남자의 짝이 된 여자로 정의되어 있다.

아내가 행복해야 내가 행복하다고 생각하면서도 아직도 내가 우선일 때가 많다. 그동안 가족을 위해 헌신하는 아내의 차가운 손을 녹여준다 하면서도 현실 앞에서 잊고 지나칠 때가 많았던 것을 미안하게 생각한다.

내 아내는 들에 가면 꽃들과 대화하면서 꽃들에게 이름을 물었고, 때로는 밤하늘에서 쏟아지는 별을 보며 눈물을 흘리기도 했다. 호숫가에 떨어진 달빛만 보아도 황홀해 하는 서정적이고 감수성이 넘치는 아내가 늘 사랑스럽기만 하였으나, 그런 아내에게 조금 더 다정하지 못한 나 자신이 부끄럽기만 하다.

무엇보다도 아내가 자랑스러운 것은 외로운 사람들에게 다가가 손 내밀며, 추운 겨울 날 얇은 옷을 입은 사람에게 본인 옷을 벗어주는 따뜻한 마음을 가진 사람이다.

가난을 싫어하면서도 있는 것 모두 다 내어주는 사람이라 때로는 못마땅할 때가 있다. 그래서 가끔 짜증을 내기도 하다가 서로 티격태격 언쟁을 할 때가 있다.

다투어도 먼저 손 내미는 마음 넓은 아내는, 가족들에게도 양보하는 미덕이 강해 항상 미안하고 고마워하며 만족한다. 나는 이토록 아름다운 아내를 점지해주신 하나님께 날마다 감사를 드린다.

함께 코로나 역병을 앓으면서도 자신보다 남편인 나를 더 챙겨주는 아내는 언제나 그랬다. 어느 누구에게나 자신보다 상대를 더 배려하는 일이 익숙해져 있다.

살다보면 이런저런 일들로 힘든 상황이지만 내색하지 않는다. 희생을 마다하지 않는 정 많고 사랑이 넘치는 내 아내는 자신에게는 늘 인색했다.

역병을 통해 다시 지극한 아내의 사랑을 받으며 늘 내 곁에 있어주길 바란다. 아내의 배려로 나는 행복한 남자, 그저 고맙기만 하여 고개가 저절로 숙여진다.□

시와함께(Along with Poetry) 시인선 026

노병순 제2시집

가슴에 피는 꽃

발   행   2022년 11월 22일

지은이   노병순

펴낸이   양소망

펴낸곳   도서출판 넓은마루

주   소   (03132) 서울특별시 종로구 삼일대로 30길21, 1103호(낙원동, 종로오피스텔)

전   화   02-747-9897, 010-7513-8838

이메일   withpoem9@hanmail.net

출판등록   제2019호-000100호

인쇄 · 제본   (주)지엔피링크

저작권자 ⓒ 2022, 노병순

ISBN 979-11-90962-28-5(04810) 979-11-90962-04-9 (세트)

값 12,000원